Die Scheinehe

Rüdiger Greiner

Rüdiger Greiner

Die Scheinehe

Roman

Impressum

Bibliografische Information der Deutschen
Nationalbibliothek:
Die Deutsche Nationalbibliothek verzeichnet diese
Publikation in der Deutschen Nationalbibliografie;
detaillierte bibliografische Daten sind im Internet über
http://dnb.dnb.de abrufbar.

Lektorat: Vorname Name oder Institution
Korrektorat: Vorname Name oder Institution
weitere Mitwirkende: Vorname Name oder Institution

Verlag: BoD · Books on Demand GmbH,
Überseering 33, 22297 Hamburg, bod@bod.de
Druck: Libri Plureos GmbH,
Friedensallee 273, 22763 Hamburg

ISBN: 978-3-8192-7752-8

Kapitel eins

Die Scheinehe

Barbara

Also, ich bin die Barbara, meine Mama nennt mich Bärbel, weil es deutsche Vorfahren ihrerseits gibt. Mein Papa ist strenger Katholik, was in Sofia die Ausnahme ist. Mama nennt mich auch „Fräulein Wieso", weil ich ein rebellisches Temperament habe und alles hinterfrage. Meine Mama unterstützte mich und trieb mich in der Schule an, während mein Vater eher phlegmatisch ist. Mein um 3 Jahre älterer Bruder ist Schreiner und wohnt immer noch in unserer kleinen Wohnung, weshalb ich mein Klappbett im Wohnzimmer habe. Ich wollte immer schon Medizin studieren, meine Mutter bestärkte mich darin, während Papa als Buchhalter skeptisch war. Mein Großvater war Arzt, deshalb waren wir eine gutbürgerliche Familie. Großvater besaß ein Klavier und lernte mich ein wenig daran an. Ich war eine gute Schülerin, in den Sprachen Französisch, Englisch und Latein, das man für das Medizinstudium benötigte.

Ferner machten mir die Naturwissenschaften Spaß, insbesondere Biologie und Chemie. Meine Mutter war Hebamme, sie hat viel vom Großvater gelernt. Durch ihren Beruf war sie weithin bekannt und beliebt. Deshalb war sie auch organisatorisch begabt und steuerte maßgeblich das Familienleben. Auch war meine Mutter sehr musikalisch, sie spielte auch Akkordeon und auch Trompete. Sie spielte nach innerem Gehör, Noten hat sie erst später gelernt. Und sie fuhr auch zu den Geburten mit ihrem Motorrad.

Als Jugendliche trug ich einen Zopf und hatte eine kleine Zahnlücke zwischen den Vorderzähnen. Darüber schämte ich mich etwas, aber ich fürchtete mich auch nicht davor lauthals und oft zu lachen. Ich hatte eine fröhliche Kindheit und bewahrte mir meine Lebensfreude für immer.

Beim Studium betreute mich ein Professor, der auch eine Abteilung in der Uniklinik in Sofia leitete. Er war ein Familienmensch, mit einer schönen und klugen Frau und kümmerte sich auch um seine Kinder. Er war mir auf eine väterliche Weise zugetan. Mein Großvater und er kannten sich und waren befreundet.

Kurz vor meinem Examen gab es eine wirtschaftliche Krise in der Familie. Mein Vater erkrankte und konnte nicht mehr voll arbeiten. Mein Bruder überwarf sich in der Schreinerei mit seinem Chef, der ihm schlampige Arbeit vorwarf. Das lag darin, dass er in schlechte Gesellschaft kam und dem Alkohol nicht abgeneigt war. Meine Mutter war sehr unglücklich und führte mit mir ein ernstes Gespräch, dass die Fortsetzung meines Studiums nicht mehr finanzierbar sei. Ich fühlte mich wie eine Autofahrerin, der auf der Autobahn das Benzin ausgeht.

Meinem Professor blieben meine Sorgen nicht verborgen und er fragte mich, wie er helfen kann. Er sagte mir, dass der kürzeste Weg selbst Geld zu verdienen war eine kurze Umschulung zur Krankenpflege, denn es gab einen Mangel an Pflegerinnen, die ein Team leiten konnten. Dafür hätte ich grundlegende medizinische Kenntnisse und müsste nur die Pflegeaufgaben erlernen. Damit war mein Lebenstraum erstmal verhindert, aber er sagte mir, dass damit nicht alles verbaut ist. Ich könnte später weiterstudieren und abschließen, die Arbeit käme auch meinem Studium zugute.

Nun bekam mein Vater die Panik, weil ich schon 25 Jahre alt bin, aber einigermaßen ansehnlich, wenn auch etwas pummelig. Nun schleppte er mir Heiratskandidaten an, die aber alle etwas eigenartig in ihrer katholischen Umgebung verhaftet waren. Die Katholiken waren hierorts in der Minderheit. Meine Mutter bestärkte mich darin, nur jemand zu heiraten, mit dem ich dann glücklich wäre.

Mit meiner Arbeit als beginnende Pflegerin war ich überraschenderweise zufrieden. Mit meinen Kolleginnen kam ich gut aus. Ich lernte auch viel dazu, die Diagnosen der Ärzte, die Behandlung und nun die Sicht der Patienten. Nach einigen Monaten stellte sich heraus, dass ich wieder nachfragte, wieso manches so gemacht würde, es wäre doch viel besser, wenn man es anders macht. Ich hatte in kurzer Zeit den Überblick, wo es im Management haperte und man nicht vorausschauend plante, sondern immer gezwungen war zu improvisieren. Mein Chef sah, dass es mit meinen Kolleginnen besser lief als in anderen Teams. So beförderte er mich zur Leiterin meiner Gruppe. Die meisten Kolleginnen erkannten das an. Allerdings sah ich bald ein neues Problem.

Der hübsche Oberarzt in meiner Abteilung war arrogant und eingebildet und ein kleiner Frauenheld. Ihm ist alles zugefallen und das erwartete er auch weiterhin. Er versuchte Anknüpfungen mit meinen Pflegerinnen und bekam meist wenig Widerstand. Ich bemerkte Eifersüchteleien in meinem Umfeld und zerbrach mir den Kopf. Einige Jahre ging es gut, aber ich bemerkte, dass es eskalierte.

Als nächstes Opfer hatte der Arzt mich auserkoren und suchte immer wieder meine Nähe. Ich hatte aber beobachtet, dass er mit den Patienten grob umging und mit unseren Pflegerinnen alles befehlsartig anordnete. Das Wort „Bitte" kannte er nicht. Er hatte ein großes Selbstbewusstsein an der Grenze zur Arroganz. Und außerdem konnte ich ihn nicht riechen, irgendwie duftet er unangenehm, deshalb beschloss ich nur dienstlich mit ihm zusammen zu sein und ihm ansonsten aus dem Weg zu gehen.

Wir hatten einen neuen Patienten bekommen, der mir zugewiesen wurde, weil ich ein bisschen Deutsch und Englisch kann und die Formalitäten sich als schwierig erwiesen. Auch war er ein Politikum, weil er in Verhandlungen mit der Uniklinik war.

Wir werden dann morgen sehen, wie ich das managen kann.

Robert

Als reisender Ingenieur geht es mir gut, bin bei einer amerikanischen Firma aus Kalifornien beschäftigt und wir haben eine Niederlassung bei Frankfurt. Finanziell bin ich gut ausgestattet, ich wurde mit einem goldenen Löffel geboren. Mein Vater hatte eine kleine Firma in Bayreuth. Wir hatten immer mit Glas zu tun. Die Firma stellte Glasradierer für Architekten her, womit falsche Tuschestriche auf dem Pergamentpapier ausradiert wurden. Ebenso für Uhrmacher und Goldschmiede. Wir hatten viele Heimarbeiterinnen für die Verpackung und die Herstellung. Er hatte einen Partner der Kugelschreiber herstellte. Diese Hüllen wurden auch mit einem Mechanismus wie Druckbleistifte für die Glasfaserbürsten benötigt und die Zusammenarbeit war gut. Meine Mutter starb früh, mein Vater nach einem Autounfall mit seinem Fahrer. Der war ein pensionierter Polizist und hatte bei uns quasi Familienanschluss. Es war immer so gedacht, dass ich die Firma fortführen sollte, ich hatte aber ganz andere Interessen, in Richtung Technik. Nach dem Tod meiner Eltern habe ich das Elternhaus verkauft, weil es für mich allein zu groß war und ich habe auch noch von meiner Tante geerbt.

Bei der Glasradierer-Firma wurde vereinbart, dass ich Gesellschafter wurde und meine Anteile Stück für Stück vom Partner gekauft wurden. Er hatte nicht das Kapital, um mich auf einmal auszuzahlen. Auch war dies steuerlich für beide günstiger. Nur war ich ein Waisenkind, kein Kind mehr, ich hatte ja mein Studium beendet. In der Firma war ich eher ein Fremdkörper und in der Produktion überflüssig und nur in der Verwaltung hilfreich. Das war aber nicht mein gewünschtes Arbeitsfeld.

Für mein Studium hatte ich Schwerpunkte wie Nukleartechnik, Lasertechnik und Nachrichtentechnik wie Informatik gewählt. Nun hatte ich die Wahl bei Stellenangeboten für eine Schweizer Rüstungsfirma (mit dem meisten Gehalt), dem Kernforschungszentrum Karlsruhe und einer Laserfirma aus den USA (Palo Alto). Für diese Laserfirma habe ich mich entschieden und musste in den Rhein-Main Raum umziehen.

Meine Heimat Franken hatte ich schweren Herzens verlassen, aber mein Freundeskreis war begrenzt, ebenso wie die Verwandtschaft. Ich öffnete mich also für meine berufliche Zukunft und orientierte mich nun international, wobei Frankfurt ein gutes Zentrum zu sein schien.

Aus meinem Erbe habe ich ein Mehrfamilienhaus in einem guten Villenviertel in der Nähe von Frankfurt gekauft, als Geldanlage und den Rest in Aktien, auch teilweise in Mitarbeiteraktien investiert. Man hat mich für den Vertrieb und Service im Ostblock eingeteilt, weil das die unbeliebteste Aufgabe war und man dringend jemanden dafür suchte.

Das Mehrfamilienhaus im Bauhaus-Stil hatte es mir angetan. In den mittleren Stock zog ich ein, das Erdgeschoss war vermietet. Das Dachgeschoss war ausbaufähig. 2 Garagen umgaben das Haus, hinter dem Haus ein mittelgroßer Garten am Hang. Für Gartenarbeit hatte ich kein Talent, ich ließ ihn von einer Gartenbaufirma pflegen.

Das Arbeiten im östlichen Ausland fand ich immer angenehm, weil man ein gemächlicheres Arbeitstempo hatte, die Leute meist freundlich waren, und ich gut improvisieren konnte. Ich liebte auch das Reisen, immer neue Orte kennenzulernen. Der Vertrieb war etwas umständlich, weil man die Zahlungsmodalitäten immer mit Regierungsbehörden aushandeln musste.

Ich war immer solo, meine Freundschaften haben sich immer wieder zerschlagen. In der Liebe hatte ich kein Glück. Einmal nach dem Studium gab es einen Ortswechsel, das hatte die Bekanntschaft nicht überlebt. Dann hatte ich eine hübsche und kluge Freundin, die sich aber für mich nicht entscheiden konnte. Mein sprunghaftes Leben sagte ihr nicht zu, und meine Verliebtheit in sie wurde nicht erwidert. Aber die Liebe war nicht so tief, dass ich alles für sie aufgab. Allerdings war das Ende dieser Freundschaft für mich sehr bitter, denn ich hatte gehofft mit ihr eine Frau für das Leben zu finden. Eine neue Freundin schlug ich mir vorerst aus dem Kopf, ich wollte Single bleiben. Eigentlich hatte ich resigniert, hatte persönliche Minderwertigkeitsgefühle – mein Aussehen war wohl nicht ansprechend, meine Kontaktscheu Mädchen oder Frauen gegenüber nahm zu.

Ich versuchte das Beste aus meinem Leben zu machen, Städte kennenzulernen, die Oper zu besuchen, Konzerte zu hören, Museen zu besuchen. Ich hatte die Gelegenheit den Louvre mehrmals zu besuchen, Museen in Salzburg, in Neapel das Schloss und den Garten Capodimonte, in St.Petersburg den Sommerpalast und den Park am finnischen Meerbusen. Eine Leidenschaft war das Kino, dabei liebte ich Filme von Visconti, von Truffaut und amerikanische Filme.

Bei einer Zugreise lernte ich eine Studentin kennen. Sie saß mir in Jeans und Pullover gegenüber und las ein Buch. Da der Zug von Amsterdam kam, öffnete eine Polizeistreife mit einem Hund die Abteiltür und suchte wohl nach Drogen. Der Hund beschnüffelte unsere Koffer und wir mussten sie öffnen. Danach unterhielten wir uns über das Ereignis und ich fragte sie, warum sie so einen traurigen Eindruck machte. Zuerst wollte sie nicht darüber sprechen, doch dann brach es aus ihr heraus. Sie hatte Liebeskummer und ich gestand ihr, dass ich das kenne. So ergab sich eine persönliche Verbindung und wir verabredeten uns. Ich erinnerte mich an das Lied „Bridge over troubled water" und ich wollte Brückenbauer sein.

Bei einem Treffen am nächsten Wochenende sprachen wir uns aus. Sie hatte eine hässliche Trennung hinter sich, ihr Freund und Mitbewohner hatte sie für eine andere verlassen und das meiste Inventar mitgenommen. Nun hatte sie eine halbleere und viel zu große Wohnung, die sie sich nicht mehr leisten konnte. Ihr Freund hatte meist auf ihre Kosten gelebt und kam im Studium auf keinen grünen Zweig.

Sie war in seinen spitzbübischen Charme verliebt gewesen, aber es stellte sich heraus, dass er tatsächlich ein Spitzbube war und nur ein Bratkartoffelverhältnis im Sinn hatte. Mit ihren Eltern gab es keinen Kontakt mehr, sie wollten kein Geld mehr in ein Fass ohne Boden werfen und der Freund war ihnen unsympathisch. Leider hatten sie Recht. Besonders schlecht fand ich, dass er sie, gerade weil sie finanziell knapp war, im Stich ließ. Ich bot ihr an, ihr als väterlicher Freund zu helfen, ich war ja gute zehn Jahre älter.

Ich spannte meinen Freund, der Rechtsanwalt ein, um zu retten was finanziell noch zu retten war. Der war beruflich sehr bissig und erfolgreich, und hatte mir auch schon beim Hauskauf geholfen. Dies hatte dann Wirkung, denn ihr ehemaliger Freund hatte nicht damit gerechnet, dass sie sich juristisch zur Wehr setzt und nicht mehr das kleine Mäuschen war.

Dann habe ich ihr geraten, ihren Stolz hintenan zu stellen und sich wieder mit ihren Eltern zu versöhnen.

Ich selbst vermisste meine verstorbenen Eltern sehr. Ihre Eltern wollten nur ihr Bestes und ihr Freund hatte die Eltern unverhohlen beleidigt. Da sie kurz vor dem Examen stand, war ihre Notlage nur temporär. Ich wollte nicht, dass sie sich mir verpflichtet fühlte, deshalb konnte ich ihr bei meiner Bank einen Kredit verschaffen, für den ich begrenzt bürgte. Unter der Zusicherung, dass sie keinen Rückfall zu ihrem Ex einging, fasste ich Vertrauen zu ihr. Und ich würde ihr helfen, nach dem Abschluss zu einem Job zu kommen, als Ernährungsberaterin.

Meiner Ansicht sollte sie derzeit keinen Aushilfsjob suchen, sondern schnellstmöglich ihr Examen abschließen. Ich bot ihr an ihr auch jederzeit kurzfristig zu helfen.

Ich stärkte ihr Selbstvertrauen, indem ihr sagte, dass sie keine Minderwertigkeitskomplexe zu haben brauchte, denn sie war hübsch, sympathisch, klug und sportlich. Liebeskummer kannte ich genauso wie sie auch. Sie hatte es in ihrem Leben schon zu etwas gebracht und ich prophezeite ihr einen baldigen beruflichen Erfolg. Neben ihrer äußeren Schönheit hatte sie auch eine innere Schönheit. Weil sie schüchtern war, geriet sie in eine Abhängigkeit von ihrem Freund, aber sie sollte eigentlich ihr Leben selbst bestimmen. Man konnte sich gut mit ihr unterhalten und wir hatten gegenseitig volles Vertrauen. Ich habe auch einiges von ihr gelernt, meine ungesunde Ernährung erkannt. Ich wurde zum Freund von Salaten und Gemüse und sie verleitete mich auch zu Joggingrunden und kleinen Wanderungen.

Da ich noch immer Flashbacks zu meiner Exfreundin hatte, bemerkte sie meine innere Verbitterung. Dann baute sie mich ebenfalls auf, indem sie mir klarmachte, dass ich wohl ausgenutzt worden bin von meinem Fräulein „Rührmichnichtan". Ich war wohl der Ersatzreifen. Das Ende mit Schrecken war besser als ein Schrecken ohne Ende. Ich fragte sie, ob sie mir die Fabel vom Fuchs, dem die Trauben zu sauer waren, nahelegen wollte. Man hätte ja keinen Anspruch auf Gegenliebe, „Gott hat es so gemacht."

Aber sie sagte, sie findet mich gar nicht zu unattraktiv, ein bisschen sollte ich noch abnehmen und sie hatte Respekt vor meinem Beruf. Und kontaktscheu war sie auch nicht, wir berührten uns gern und umarmten uns oftmals. Sie gab mir auch unvermutet einen Kuss. „Ist das aus Dankbarkeit?" „Auch, nein ich mag dich! Aber ich bin nicht verliebt, wie das ist wissen wir beide."

Wir waren zwei einsame Seelen, mit einer gewissen Seelenverwandtschaft. Wir stützten uns gegenseitig, waren nicht mehr so einsam. Die Zeit heilt fast alle Depressionen, Resignation, Selbsttäuschung und Enttäuschungen. Aber manche Narben bleiben. Unsere „Beziehung" war für beide schön, es machte mir eine Freude, sie einladen zu können, denn gemeinsames

Essen oder Unternehmungen war viel besser als Eigenbrötler zu sein. Für mich war das finanziell kein Opfer, und mit Vertrauen kann auch eine solche Freundschaft unser Leben bereichern.

Allerdings bemerkten wir nach einigen Treffen, dass wir jeweils in verschiedenen Biotopen lebten, sie im Studentenmilieu und ich war stark mit meinem Beruf verheiratet. Wir passten vom Alter her nicht zusammen und es gab kein Herzflimmern oder Hoffnung auf eine Ehe wie bei unseren Ex-freunden/-freundinnen. Das echte Verliebtsein kannten wir beide, mit Sehnsucht und Verbundenheit und dann mit bitterer Enttäuschung. Wir einigten uns, dass dies eine Kur gegen Liebeskummer ist, bis wir beide wieder bereit für einen neuen Flirt waren.

Wir hatten die Hoffnung, dass wir unsere Freundschaft aufrechterhalten konnten und dies hielt auch bis heute noch. Ich wusste, dass es mir schwerfiel, Freunde zu gewinnen und noch schwerer sie auch zu behalten. Wir trafen uns immer wieder, denn wir brauchten von Zeit zu Zeit wieder eine optimistische Weltsicht. Und ich freute mich für Sie, dass sie wieder Fuß fasste. Und wenn sie lächelte, sah sie wunderschön aus. Im Alltagsleben gingen wir verschiedene Wege und blieben freundschaftlich verbunden. Ich freute mich, dass sie nach dem erfolgreichen Abschluss wieder Fuß fasste und ich ihr mit meinen Tipps eine berufliche Basis geschaffen hatte.

Nun war ich beruflich in Sofia unterwegs, wohnte im Interconti, hatte ein Visum für zwei Wochen und war in Verhandlungen ziemlich fortgeschritten. Das Gerät für Augenoperationen hatte ich untersucht und festgestellt, dass es reparaturbedürftig war. Ferner war es technisch veraltet und ich hatte empfohlen, es durch ein Gerät der neueren Generation zu ersetzen. Die Qualität war für den Weiterbetrieb noch ausreichend, es schaltete sich aber immer wieder bei Sicherheitschecks ab. Das war unangenehm, wenn sich Operationen verzögerten, weil ein Neustart erforderlich war. Und insgesamt war die Technik veraltet und schwer zu justieren. Allerdings war wie immer die Finanzierung schwierig. Nun war also eine Neubestellung beschlossen worden, aber die Finanzierung musste noch geregelt werden. Meine Firma hatte mit diesen Problemen Erfahrungen und ich war guten Mutes, dass alles funktionieren würde.

In den letzten Stunden meines Aufenthaltes bummelte ich zu Fuß durch die Stadt, besichtigte eine griechisch-orthodoxe Kathedrale, packte meine Koffer und bestellte ein weißes Taxi zu Flughafen. Der Rücksitz war mit Kleidung belegt, so setzte ich mich auf den Beifahrerplatz. Unterwegs gab es eine Verzögerung durch eine Stauung und ich fragte, ob wir noch rechtzeitig zum Flughafen kommen. Dies fasste mein Chauffeur auf, ordentlich zu beschleunigen. Das war offensichtlich ein Fehler von mir. Dann sah ich, dass vor uns ein Bus stark abbremste, rückwärtsfuhr und dann sah ich Garnichts mehr. Ich fühlte einen Schlag gegen meinen Kopf und die rechte Schulter und wachte dann in einem Krankenwagen auf. Der war auf dem Weg zur Uniklinik, die ich doch gerade verlassen hatte.

Dann wurde ich nach Schmerzen befragt, war aber der Sprache nicht mächtig. Nach der Untersuchung stellt man eine Einblutung im rechten Auge fest und vermutete eine Sprengung der Kapsel des rechten Schultergelenks. Eine Gehirnerschütterung war nicht ausgeschlossen. Nach der Untersuchung bekam ich starke Schmerzmittel und ein Bett in der Uniklinik.

Als ich wieder aufwachte, bemerkte ich, dass ich eine Augenklappe trug und mein rechter Arm fixiert war. Dann beugte sich eine Krankenschwester über mich und versuchte das Kopfkissen zu richten, wobei sie sich über mich beugte und ihr Busen über mein Gesicht streifte. Das war eine erotische Überraschung. Wir beide waren dann wohl von einer lieblichen Röte im Gesicht gezeichnet und es war uns peinlich. Es schuf aber gleichzeitig eine überraschende Intimität und ich wusste sofort, dass ich wie ein Kleinkind auf ihre Hilfe angewiesen war. Mit einem Auge sieht man nur eindimensional, und weil ich Rechtshänder bin, ist man plötzlich ziemlich ungeschickt. Mein Kopf schmerzte und ich konnte mühsam sprechen. Ich sollte Aufnahmeformulare unterschreiben, die ich nicht verstand und mit meiner linken Hand nur ungeschickt krackseln konnte. Mit den anderen Schwestern konnte ich mich schlecht verständigen, aber bei Barbara fielen mir ihre schönen Augen mit den schwarzen langen Wimpern auf. Sie hatte ihre Haare zu einem Zopf geflochten. Man sah sofort, dass sie klug war und einen aufrichtig ansah. Im Gesicht war nicht alles perfekt, aber zusammen war alles stimmig und hübsch. Wohl viel zu hübsch für mich. Sie hatte auch ein angenehmes impulsives Lachen, das ansteckend war und eine warme Stimme. Leider lachte sie sehr wenig.

Da wurde mir klar, dass ich Vertrauen zu meiner Betreuung haben musste, damit ich auch mit meiner Firma das Weitere klären konnte. Das Visum musste verlängert werden. Ein Rückflug musste organisiert werden. Die Firma musste das mit meiner Krankenversicherung klären, obwohl ich privat versichert war. Eigentlich haftete der Taxifahrer.

Schwester Barbara war eine aufgeweckte junge Frau, die mit den Augen des Patienten die Lage beurteilte. Ihr Deutsch war lückenhaft und lustig, aber sie konnte sehr gut englisch sprechen. Sie durchschaute die bürokratischen Probleme meines Zwangsaufenthaltes. Und ich bemerkte, dass sie immer einen Schritt voraus dachte und vieles mit den Augen des Patienten sah.

Sie hatte die Tasche mit meinen Papieren geöffnet und konnte mit deren Hilfe Formulare vervollständigen, sogar mit meiner Niederlassung in Deutschland telefonieren.

Die Mitarbeiter im Büro in Deutschland sind sehr kollegial und wenn wir Reisende eingetrudelt sind, gab es immer ein großes Hallo. Wir waren oft auf die Unterstützung angewiesen, wenn Visa benötigt wurden, Hotelreservierung und Umbuchungen erforderlich waren, und mehrmals haben sie mich vor den Klauen des Zolls gerettet, wenn Formulare im 6-fachen Durchschlag fehlten oder Ersatzteile nicht deklariert waren. Auch in diesem Unglücksfall waren sie findig, wie der Aufenthalt am besten abgewickelt wurde und die Krankenhausfinanzierung wurde vorgestreckt. Schwester Barbara hatte bemerkt, dass sie am besten englisch verstanden wurde und nach mehreren Telefonaten gab es gegenseitige Sympathie mit meinen lieben Kolleginnen.

Ich war erfreut, so eine aufgeweckte, geschickte und weltoffene Krankenschwester zu haben.

Und im Krankenhaus habe ich festgestellt, dass ich mit der linken Hand, die ich benutzen musste, ziemlich ungeschickt bin und dass ich meine Schamgefühle ablegen musste, denn mir musste immer wieder geholfen werden. Es stellte sich heraus, dass mein Auge zwar rot aussah, aber keinen Schaden genommen hatte. Nach einer Woche konnte ich auch meine rechte Hand benutzen und sie bis zur Schulterhöhe heben. Barbara hatte mich auch aus meiner anfänglichen Depression geholt. Man wird ja völlig aus der Bahn geworfen, ist im Krankenhaus in einem fernen Land. Wir freuten uns, dass die Genesung einfacher war als befürchtet.

Damit konnte ich an meine Rückreise denken und Barbara half mir bei der Flugbuchung und organisierte einen Krankentransport für mich und meine Koffer zum Flughafen. Ich wollte Barbara für alle Aufmerksamkeit etwas Devisen zukommen lassen, was sie aber empört abgelehnt hat. Ich schenkte ihr dann wenigstens meinen Taschenrechner als Souvenir. Zum Abschied umarmte ich sie dann herzlich und ich sah in ihren Augen zwei kleine Tränen. Leider schien das ein Lebewohl zu sein und kein Auf wiedersehen. In meinem Inneren bedauerte ich, dass ich eine Chance verpasst hatte und dass ich wieder die Vernunft über meine Gefühle gestellt hatte. Aber ich wusste ja nichts über ihre Gefühle und hatte Angst, mich zu weit vorzuwagen und mich zu blamieren.

Barbara

Mein Patient war eingetroffen und sah aus wie ein Pirat. Statt einem Holzbein war seine rechte Hand eingebunden. Sofort sah ich, dass er unbequem lag. Sein freies Auge war geschlossen, er schlief wohl noch. Ich wollte sein Kopfkissen nach oben ziehen und musste mich ziemlich strecken. Dabei verlor ich das Gleichgewicht und kippte nach vorn, genau mit meiner Brust über sein Gesicht. Im selben Moment sah ich, dass er sein Auge geöffnet hatte und mich ungläubig ansah. Er lief puterrot an, und ich natürlich dann auch. Natürlich ignorierten wir es beide und begaben uns auf eine formelle Ebene. Allerdings wurde dadurch eine Verbindung geschaffen, die wir beide fühlten.

Der Patient hieß Robert, was ich aus zwei Visitenkarten herauslas. Eine war über die Firma erstellt, als Senior Engineer und Vertriebsbeauftragter für die meisten Länder des Ostblocks. Überraschenderweise sprach er kaum russisch, was ich eigentlich für ihn dringend erforderlich gehalten hätte. Er war etwas groß, schlank und ich stellte fest, dass seine Brille den Unfall nicht überlebt hatte. Nun war er also auch noch halb blind.

Trotzdem hatte er ein sympathisches Lachen, zwei Grübchen, und vor allem hatte er einen angenehmen Körpergeruch. Das ist wichtig, weil ich bei der Körperpflege zu sehr nahem Kontakt kam und wenn der Patient sympathisch ist, geht alles viel leichter und ist nicht peinlich. Der Typ von Mann gefiel mir, aber allmählich stellte ich mir vor, dass er auch als Mensch sehr gut zu mir passen würde. Er hatte einen schlagkräftigen Humor und war nicht wehleidig. Aber das waren nur Wunschvorstellungen und völlig unpassend. Er gehörte zu einer anderen Welt und ich konnte ihn mir in Sofia nicht vorstellen.

Wenn ich ihn besuchte, wollte ich ihn mobilisieren, ging mit ihm eine Runde auf dem Gelände spazieren und er fragte mich über die Stadt Sofia aus und ob ich mit dem Beruf zufrieden bin. Na ja, eigentlich wollte ich ja Ärztin werden, aber wie das Leben so spielt. Und dass es auf meiner Station etwas Gegenwind gibt. Ich fragte dann ihn aus und bemerkte, dass er ein einsames Leben führte und mit jedem Jahr sein Freundeskreis schrumpfte. Das machte mich traurig, denn ich würde ihm ein glückliches Leben gönnen. Was unternahm er an Wochenenden? Da war er von seinen Reisen erschöpft und musste wieder Kraft sammeln. Andererseits lernte er viele neue Orte und Sehenswürdigkeiten kennen. Seine beruflichen Kontakte sind meist sympathisch, aber meist einmalig. Bei Freundinnen hat er zumeist schlechte Erfahrungen gemacht. Ich verstehe das nicht, denn er hat doch einen sehr anziehenden Charakter, er ist großherzig, hat Humor und viele interessanten Seiten. Ich freute mich jedes Mal, wieder zu ihm zu kommen.

Überraschenderweise hat mir seine Firma völlig unbürokratisch geholfen und ich hatte sehr nette und erfahrene Gesprächspartnerinnen und Partner. Ich sprach auch mit seinem Chef über das weitere Vorgehen und bemerkte, dass Robert eine tragende Kraft der Firma war. Der Telefonverkehr war immer optimistisch und hilfsbereit, er war anscheinend in der Firma sehr beliebt. Und anscheinend war er auch beruflich erfolgreich. Das wunderte mich nicht, denn er hatte ja quasi wenig Privatleben.

Gleichzeitig bemerkte ich, dass mein vorgesetzter Arzt über diese Sonderaufgabe sehr erbost war und ich vermutete Eifersucht. Ab diesem Punkt begann er mir Steine in den Weg zu legen, mich öffentlich zu kritisieren. Da aber mein Professor die Hand über mich hielt, hatte dies zunächst keine Durchschlagskraft.

Die Genesung von Robert machte rasche Fortschritte, es hatte ihn doch also nicht so schlimm getroffen. Sein Auge war zwar rot blutunterlaufen, aber er konnte wieder gut sehen, mit seiner Sonnenbrille als Ersatzbrille. Allmählich lernte ich ihn seine Hand wieder zu gebrauchen, so dass er unabhängig von meiner Hilfe wurde. Damit konnte ich seine Rückreise organisieren und fuhr mit dem Krankentransport mit ihm zum Aero Port.

Mit einmal wurde ich sehr traurig, denn es war ein Lebewohl und es gibt kein Wiedersehen.

Zum Abschied gab er mir die Hand, sah tief in meine Augen und umarmte mich dann herzlich, wobei es mir ziemlich heiß wurde. Ich habe ihm angeboten, bei sprachlichen Problemen im Ostblock zu helfen. Ich wusste aber, dass dies eine Trennung für immer war.

Ich stellte mir vor, dass ich wie in einem Zug einen netten liebenswerten Gesprächspartner getroffen hatte, er stieg aber aus und ich fuhr weiter. Mit mehr Mut hätte man alles ändern können.

Robert

Nach der Rückkehr nach Frankfurt war ich durch
meine rechte Hand gehandicapt. In meiner Wohnung
herrsche Junggesellenstil. Ich hatte zwar eine gut
ausgerüstete Küchenzeile in meiner Wohnküche,
benutzte sie aber nur für das Frühstück und nach einer
späten Rückreise für ein Abendessen. Meine Wäsche
gab ich in eine Wäscherei, wo zwei ältere Schwestern
alles perfekt erledigten. Ich war nicht der Einzige in der
Firma, der es so handhabte. Meine Oberhemden
waren immer perfekt.

Mein Freundeskreis war klein, und da ich eine soziale
Ader habe, gab es seit meinem Studium Genossen und
Freunde. Zufälligerweise war ich mit dem
Bürgermeister bekannt, auch mit einem
Wochenendhausbesitzer mit einem Angelteich, eher
See, mit einem Rechtsanwalt und mit einer Pfarrerin.
Da ich aber in der Woche meist unterwegs war,
haperte es mit den Begegnungen und Treffen. Dafür
war ich dann sehr spendenfreudig. Meine Mahlzeiten
nahm ich in Restaurants und Gaststätten ein, wenn ich
in Frankfurt war mit den Arbeitskollegen. Bei meinen

Reisen wollte ich auch etwas von der dortigen Kultur mitbekommen, was aber nur abends oder bei Lücken in meinem Programm möglich war. Vielfach habe ich sympathische Wissenschaftler/innen kennengelernt, gute Ärzte und gute Kliniken. Gegenseitiger Respekt schafft eine gute Arbeitsatmosphäre und eine gute Geschäftsgrundlage.

Zum ersten Mal ist mir in Sofia bewusst geworden, dass auch ich sterblich bin und was ich im Leben noch anfangen will. Die Biertreffen mit Genossen im Treppenstübchen bis in den frühen Morgen hinein waren zwar unterhaltsam, aber dann war ich am Morgen mit den nachts aus der Bäckerei gegenüber geholten Brötchen doch wieder allein.

Die hübsche Barbara ging mir nicht aus dem Sinn. Ich bewundere selbstbewusste Frauen, die klug sind und Überblick haben. Weil ich wieder Geschäfte in Moskau in Aussicht hatte und dann in Leningrad (heute St.Petersburg) war, überlegte ich, ob sie mir mit Russisch helfen konnte. Aber ich wollte ihr keine falschen Hoffnungen machen, wollte auch nicht aufdringlich sein, denn wir lebten in verschiedenen Welten und ich kannte weder sie näher noch ihre Familie. Ich hätte sie auch nur über die Klinik erreichen können.

Damit zog ich geistig einen Schlussstrich, denn es hatte ja nie richtig angefangen. Obwohl wir im Krankenhaus nahen Kontakt hatten, ging es nie über reine

Sympathie hinaus. Aber diese Sympathie konnte ich nie vergessen.

Bei einem Aufenthalt in Moskau lernte ich eine verheiratete Ärztin kennen, mit der ich mich zu einem Arbeitsessen traf. Sie war eine warmherzige Frau, nur etwas älter als ich und war mit einem Arzt glücklich verheiratet. Trotzdem hatten wir einen guten Draht zueinander, beruflich und privat plauderten wir etwas in Englisch. Wir kamen auch auf unsere persönlichen Seiten zu sprechen, sie mit ihrem niedrigen Einkommen und dass sie nur durch ihren Ehemann über die Runden kam. Obwohl privilegiert, war sie hoch beansprucht, auch durch die Hausarbeit.

Sie sprach mit mir über meine Situation und sagte, dass es mit mir nicht so weiterginge und dass ich mich ändern müsste. Eigenartig war, dass sie nach diesem kurzen Aufenthalt so viel über mich wusste. Wahrscheinlich haben Ärzte ein besonderes Einfühlungsvermögen.

Ich würde mich zu sehr isolieren und ich würde meine Einsamkeit kultivieren. Vielleicht wäre auch ein Berufswechsel anzuraten. Das Gespräch hat mich verstört und ich sagte, dass ich durchaus schöne und kluge Frauen wie sie bewundere. Zum Beispiel hatte ich eine nette Krankenschwester kennengelernt, zu der ich mich durchaus angezogen fühlte. Aber wegen der Hochachtung ihr gegenüber und der Aussichtslosigkeit einer Beziehung habe ich mich nicht engagiert. Sie meinte, dass dies ein Fehler gewesen ist, ich hätte ihr unbedingt sagen müssen, dass sie mich bezaubert hat und dass ich sie gernhabe. Ein bisschen mehr Mut würde sie mir anraten, sonst würde ich meine besten Jahre vergeuden. Manchmal muss man auch zugreifen und die Schüchternheit überwinden. Ich fühlte, dass sie Recht hatte und ich machte mir über mich selbst Gedanken. War ich mit meinem Leben zufrieden, indem ich meine Einsamkeit durch beruflichen Eifer überspielte? Viele Tage war ich über zehn Stunden unterwegs.

Aber ich wusste nicht, wie ich den Kontakt wieder aufleben lassen könnte, ob ich jemandem etwas neben meinem Beruf bieten konnte und ich ließ mich wieder auf meinen beruflichen Trott ein, und so vergingen weitere Monate.

Barbara

Seit der Abreise meines Patienten eskalierte meine Auseinandersetzung mit dem Arzt.

Gleichzeitig mit Annäherungen zu meinen Pflegerinnen, suchte er wieder meine Nähe.

Wie unbeabsichtigt lehnte er sich an meine Hüfte, oder griff an mir vorbei zu Instrumenten und lehnte sich an meinen Rücken. Diese Übergriffe verursachten bei mir Unbehagen und schlaflose Nächte. Und privat: Wobei unsere Wohnung schon zu stark belegt war, immer noch finanzielle Probleme herrschten, wünschte ich mir immer stärker eine eigene Wohnung oder zumindest zusammen mit einer Freundin. Wo es mir immer Freude in meinem Beruf gemacht hat, obwohl ich keine Ärztin werden konnte, herrschte nun ein kritisches Klima und ich wurde zunehmend zermürbt.

Bei einer neuerlichen Attacke wachte wieder mein rebellisches Temperament auf. Er streichelte mich am Oberarm, da erinnerte mich an mein sportliches Talent. Ich griff zu seinem linken Oberarm wie ein Klammeraffe und drückte zu wie bei einem Hundebiss. Er lief rot an, wie bei einem Wutanfall und ich hatte nun eine Feind fürs Leben. Ich rief, er solle das niemals wieder versuchen, was seitens meiner Pflegerinnen unüberhörbar war. Nun herrschte ein angespanntes

Klima in meinem Team, manche wussten nicht auf welche Seite sie schlagen sollten.

Dann suchte ich das Gespräch mit meinem väterlichen Professor. Er sagte mir, er sei ja nicht blind, und es wäre ihm auch schon von anderer Seite zugetragen worden, dass dieser Arzt persönlich untragbar war, aber fachlich außerordentlich qualifiziert, und er hatte politische Seilschaften an ihm vorbei. Deshalb fühlte er sich unbesiegbar und daher kam auch dessen Stolz und seine Arroganz.

Er versprach mir mich erstmal kurzfristig aus der Schusslinie zu nehmen und sich etwas zu überlegen. Er denke nach über eine Stelle als Operationsassistenz, und gerade wurde eine Stelle in einer Delegation frei, die in Deutschland, in Bad Nauheim und an der Universitätsklinik Frankfurt deren Arbeitssituation besichtigen durften. Operationsassistenz, war ich da nicht wieder unter der Knute dieses Arztes? Frankfurt, konnte ich mir da Hoffnungen machen? Ich war schon so verzweifelt über die Situation zu Hause und in der Klinik, es war eigentlich schon hoffnungslos. Frankfurt und Robert? Und ich hatte auch noch in Köln entfernte Verwandte. Aber ich wusste ja nichts von ihm. Und wenn ich in Frankfurt ausreißen würde, als Wirtschaftsflüchtling, wie konnte ich da in den ersten Tagen überleben? Aber welches Risiko hatte ich überhaupt, ich konnte ja immer noch zurückkehren. Oder doch nicht?

Aber wollte ich wieder zurück in das Elend? Auch wollte ich nicht auf Mama und Papa verzichten. Das Thema musste ich für mich behalten, das konnte man nicht ansprechen. Ich bin ja eigentlich ein fröhliches Naturell und optimistisch, das bewahrt mich aber nicht von manchen depressiven Momenten.

Allmählich kam die Adventszeit heran und plötzlich war ich auf der Reise mit meiner Delegation. Wir wurden in einem Hotel in Oberursel an einem Schwimmbad untergebracht und fuhren mit einem Kleinbus nach Bad Nauheim in die Kerckhoff Klinik.

Das war eine international renommierte Klinik und uns imponierten das durchorganisierte Operationsteam, eigentlich mehre Teams, die Teile der Operation sich nacheinander aufteilten und in mehreren Schichten arbeiteten. Fräulein Wieso stellte sich die Frage, warum dies leistungsfähiger war. Natürlich, denn alle waren spezialisiert und es ging für den Patienten schneller, sicherer und für die Klinik ökonomischer.

Unsere heterogene Gruppe von Ärzten, Pflegeleiterinnen und Operationsschwestern war beeindruckt. Dann wechselten wir die restlichen Tage zur Goethe-Universitätsklinik Frankfurt, wo die Pflegeorganisation im Mittelpunkt stand. Hier war es die Intensivpflege, wo man für zwei Patienten zuständig war und ein ewiges Flimmern und Gehupe nervös machte. Dann die Beobachtungsstation, wo man medizinisch noch überwacht war, aber 8

Pflegekräfte für diese Patienten zuständig waren. Dann kam man in die allgemeine Pflegestation, wo eine Kraft für 30 Patienten zuständig war. Das konnte ich kaum glauben, aber sah, dass Essenausgabe und Reinigung ausgelagert waren und nicht dazu zählten. Ich fragte am Rande, wie man mit diesen Pflegekräften auskam. Es waren natürlich zu wenige, aber man hatte Schwierigkeiten Nachwuchs zu rekrutieren und suchte in den verschiedensten Ländern Lateinamerikas, des Ostblocks und in Thailand möglichst ausgebildetes Personal. Fräulein Wieso fragte sich, warum nicht in Bulgarien und wieso nicht ich?

Meine Gedanken kreisten um eine Lösung für meine familiären und beruflichen Probleme. Wie konnte man den gordischen Knoten lösen? Dann erinnerte ich mich an die Visitenkarten von dem Diplomingenieur Robert Müller und aus letzter Verzweiflung nahm ich mir den Mut, aus einer Telefonzelle in der Nähe des Hotels in seiner Firma anzurufen. Ich fragte, ob er im Lande sei. Er ist im Büro und macht seine Serviceberichte und Reiseabrechnungen.

Und dann wurde ich durchverbunden. Er war etwas verblüfft über den Anruf und dass ich in Deutschland war und in der Nähe von Frankfurt. Es war Freitag, Samstag sollte ich wieder nach Hause fliegen. Unsere Gruppe war abschließend nochmal zum Bummeln in Frankfurt und wir würden die Möglichkeit bekommen, in den Ladengalerien zu flanieren. Es wäre doch schön uns bei dieser Gelegenheit zu treffen und wir machten einen Termin in einem Café an der Hauptwache aus.

Robert

Manchmal gibt es Überraschungen, die völlig unverhofft den geplanten Tagesablauf durcheinanderbringen. Meine guten Erinnerungen wurden durch den Anruf von Barbara geweckt und lösten bei mir Freude aus, das wäre doch ein schönes Treffen. Das innere Bild von Barbara war bei mir schon etwas verblasst, aber es interessierte mich wie es ihr geht. Gleichzeitig machte ich mir vorsichtig Hoffnungen, denn ich wusste nichts über ihre persönliche Situation. Ich machte mich also frühzeitig auf und nahm mir einen Nischenplatz mit Blick auf den Eingangsbereich. Dass sie selbst die Initiative übernahm, fand ich sehr erfreulich und mutig.

Dann betrat sie den Eingangsbereich und schaute sich suchend um. Als sie mich sah, leuchteten ihre Augen freudig auf. Sie war nicht sehr groß, vielleicht 1,65. Braune Haare, diesmal lockig, ein Reisekostüm, das ihre fraulichen Formen betonte. Sie hatte einen besonderen Gang, an dem man sie von weitem erkennen konnte, fast etwas katzenhaft. Ich fand sie nun schön und apart. Ich stand auf und begrüßte sie mit einem Wangenkuss, wie es im Ostblock üblich war. Den beherrschte ich zwar kaum, aber es schien mir angemessen ihn mit einer leichten Umarmung zu verbinden. Ich bestellte ihr Kaffee und Kuchen und sie erzählte mir von ihrem Aufenthalt. Zunächst gab es smalltalk. Dann sah ich, dass sie ihren ganzen Mut zusammennahm. Ihre Stirn glänzte etwas, das waren Schweißtropfen.

Sie kam auf ihre persönliche Verzweiflung und auf ihre Fluchtgedanken. Es war ihre letzte Chance sich abzusetzen und bat mich inständig ihr zu helfen. Das traf mich völlig auf dem falschen Fuß. Es ging nur um ein paar Tage, ob ich ihr Unterschlupf gewähren könnte. Momentan war ich überfordert, auch rechtlich, was auf mich zu käme. Dann sah ich in ihre Augen und bemerkte Tränen in den Wimpern. So etwas kann ich schlecht ab und mir kam der Gedanke, dass ich diesen Samariterdienst leisten könnte. In meiner Wohnung war ein Gästezimmer mit einem Klappbett, und einige Tage könnte man dort überbrücken. Allerdings war ich am nächsten Dienstag schon wieder im Ausland, in Jugoslawien, bis dahin müsste man eine andere Lösung gefunden haben. Einen kurzen Aufenthalt als Besucherin war jedoch möglich.

Und wie sollte ihre Flucht zustande gehen? Sie würde ins Hotel fahren, dort wohnte sie im Erdgeschoss zur Straßenseite. Gegen 22 Uhr würde sie ihren Koffer aus dem Fenster fallen lassen und sie wollte dann zu einem kleinen Spaziergang aufbrechen, wo ich sie mit meinem Auto aufsammeln sollte.

Ich parkte dann abends gegenüber vom Hotel, ein Fenster öffnete sich, ein Koffer plumpste heraus. Ich schaute mich um, es war an dieser Seite dunkel, niemand rührte sich. Ich ging hinüber und ergriff den Koffer und packte ihn in den Kofferraum. Ich setzte mich ins Auto und wartete ab. Nach zehn Minuten öffnete sich der Hoteleingang und eine junge Frau machte sich auf einen Spaziergang in Richtung Wald. Ich startete den Wagen und überholte sie nach 100 Metern und parkte vor ihr, stieg aus und öffnete die Beifahrertür und sie schlüpfte hinein. Nun waren die Würfel gefallen und es begann ein Abenteuer mit ungewissem Ausgang.

Ich fuhr zu meiner Wohnung und im Wagen herrschte Schweigen. Jeder überlegte, welche Konsequenzen diese impulsive Aktion hat. Im Auto duftete es fraulich, was in meinem Firmenwagen sonst nie der Fall war. Ich trug den Koffer in die Wohnung und wir setzten uns erstmal auf zwei verschiedene Sessel. Wie geht es weiter? Sie hatte ihren Pass, der für die Abreise am nächsten Tag ihr ausgehändigt wurde. Sie hatte die Idee, sich in der Uniklinik als Pflegekraft zu bewerben oder sich kurzfristig Arbeit zu suchen.

Auf diese ganze Aufregung tranken wir ein Glas Wein und ich zeigte ihr ihr Zimmer. Sie könnte sich im Kühlschrank bedienen und wir einigten uns auf wechselweise Badbenutzung. Ich hatte eine Gästetoilette, da könnte sie sich vorerst einrichten. Ich überlegte mir, dass unsere Firma in einem Hotel ein Kontingent von Zimmern hatte, wo sie dann vorübergehend unter meinem Namen unterkommen könnte. Dann zog sie sich zurück, duschte nochmal nach der Aufregung und zog sich dann ins Gästezimmer zurück.

Nun hatte ich einen Gast, das hatte ich schon früher, wenn entfernte Verwandte oder Bekannte vom Frankfurter Flughafen abflogen und vorübergehend mein Zimmer benutzten. Aber dieser Gast hatte seine/ihre eigenen besonderen Probleme. Sollte oder musste ich ihr helfen? Mein Freund, der Rechtsanwalt musste mir helfen. Nun kam mir alles überstürzt vor und ich bereute schon meine impulsive Hilfe. Aber gemächlich, morgen war Samstag, erst einmal alles überschlafen. In der Not dachte ich, dass es vielleicht für eine kurze Zeit eine WG bei mir geben könnte, bis sie auf die Füße kam. War sie schon als vermisst gemeldet?

Morgen erst frühstücken, dann ein kleiner Spaziergang mit Aussprache.

Barbara

Was hatte ich getan? Nun bin ich ein Wirtschaftsflüchtling. Meine Rebellion hat Folgen für meine Arbeitsstelle in Sofia, für meine Familie, für mich. Ich war nun ganz alleingestellt, auf meinen Bekannten kann man sich nicht verlassen, obwohl er sich auf diese Hilfestellung eingelassen hat. Ich kannte mich nicht aus, sprach nur gebrochen und lückenhaft deutsch. Vor allem hatte ich wenig Geld. Ob mir meine Kölner Verwandten helfen würden, war ungewiss.

Seine Wohnung, meine Unterkunft, war in skandinavischem Stil eingerichtet, im Wohnzimmer ein Fernseher, eine Stereoanlage, eine Bücherwand. Die Küche war nur selten benutzt, ganz neu, ja, er verreiste ja immer. Dies machte mir bewusst, dass dies nur eine vorübergehende Zuflucht sein konnte. Die Wohnung lag im ersten Stock, und das Auto stand in einer Garage. Offensichtlich fehlte es Robert nicht an Geld, denn alles war gehobene Qualität und die Wohnung gefiel mir, obwohl sie doch ziemlich nüchtern und kahl wirkte. Hier war keine Frau oder Freundin am Wirken. Aber sicher war diese Wohnung wohl nur gemietet, die wirtschaftliche Situation von Robert war mir völlig unklar. Hatte er die Möglichkeit mir zu helfen und hatte er die Zeit dazu? Ich hatte ihn völlig überfahren.

Am nächsten Morgen machte ich mich frisch und sah, dass Robert schon sein Schlafzimmer geräumt hat und das Frühstück vorbereitet hat. Kaffee und Rührei und Brötchen. Da ich immer einen gesunden Appetit habe, griff ich mutig zu. Dann lud er mich ein, bei einem Spaziergang über alles zu sprechen.

Der Ort hatte einen Altstadtkern, ein Neubauviertel mit Hochhäusern und das Viertel am Wingertsberg, wo Begüterte ihre Wohnungen hatten. Das war unser Viertel. Nach Frankfurt gab es S-Bahn-verbindungen, Busverbindungen und Robert hatte ja sein Auto.

Er erzählte mir, dass es ein Firmenwagen war, ein gut motorisierter Ford Sechszylinder. Die Unterhaltungskosten, auch für Privatfahrten trug die Firma. Kein Wunder, er war ja die ganze Woche unterwegs, da konnte man großzügig sein.

Wir kamen zu der Erkenntnis, dass mein Aufenthaltsstatus das größte Problem war. Es war das Problem eine Arbeitsstelle zu finden, eine Wohnung zu finden, wo und wie ich leben konnte. Und mein Deutsch war nur Hausgebrauch, also sehr lückenhaft. Wir unterhielten uns mit einer Mischung von Deutsch und Englisch. So konnte es nicht weitergehen. Ich war plötzlich in einem anderen Land gelandet, wo ich die Regeln und Gesetze nicht kannte. Eine nun hilflose Rebellin und mir wurde bange.

Zunächst einigten wir uns, verschiedene Gegenstände und Dinge auf Deutsch zu benennen und sprachliche und grammatikalische Fehler zu korrigieren. Aber ich sah, dass ich einen Deutschkurs benötigte. Aber für eine Pflegekraft kann man sich vielleicht mit diesen Lücken behelfen. Dann war ich nur mit der nötigsten Kleidung ausgestattet und es war Winter. Ich hatte nur ein Paar Schuhe.

Nach dem ausgiebigen Spaziergang mit tiefergehenden Erkenntnissen wurde mir bewusst, dass wir in ein Schlamassel geraten waren. Robert erzählte mir, dass er durch die Reisetätigkeit ein Junggesellenleben führte mit Restaurantbesuchen und Imbissen außer Haus. Wir kehrten in ein griechisches Restaurant ein, und es gab Speisen, die mir nicht unbekannt waren und mich an meine Heimat erinnerten. Wo war nun meine Heimat? Den Rest des Tages vertrödelten wir und aßen noch etwas in einem Einkaufszentrum, wo er mir noch das Nötigste kaufte.

Am Abend zogen wir uns in unsere Zimmer zurück – wir mussten nachdenken.

Robert

Am nächsten Sonntagmorgen kam die Ernüchterung. Ich erkannte, dass vieles nicht so funktionieren würde, wie ich mir das vorgestellt hatte. Mit dem Zimmer im Hotel hätte sie keinen Wohnsitz. Sie hatte keine Wohnung, in der sie angemeldet werden konnte. Ohne Wohnsitz und Arbeit bekam sie langfristig keine Aufenthaltserlaubnis. Ohne Aufenthaltserlaubnis bekam sie keine Arbeit. Sie hatte keine Freunde und sonstige Unterstützung. Ich war mit meinem Latein am Ende.

Ich dachte an meinen Freund und Rechtsanwalt, den ich für heute Abend einlud und etwas Essen vom Lieferdienst bestellte. Er sagte uns, dass wir uns in ein schönes Dilemma hereingeritten hatten. Dann lachte er und sagte, er hätte eine verrückte Idee. Er fragte mich, ob ich bereit für eine Scheinehe wäre, damit wären die meisten Probleme vom Tisch. Damit ich keinen Schaden hätte, könnte er mir einen Ehevertrag anbieten und eine Scheidung nach angemessener Frist. Falls ich Sympathie und Vertrauen zu ihr hätte, könnte ich ihr ein Darlehen geben oder für sie eine Hausarbeit entlohnen. Nebenbei könnte sie einen Sprachkurs anstreben und die Arbeit in der Klinik. Und ansonsten könnten wir ja eine WG bilden. Wir beide sahen uns an und schüttelten den Kopf über diese absurde Idee.

Er sagte, dass dies von einem Kollegen schon erfolgreich durchgeführt wurde. Es wäre nicht so schrecklich, wie es sich anhört. Und meine Wohnung ist doch durchaus teilbar und groß genug, wenn es auch gemeinschaftliche Räume und Nutzung gibt. Man kann auch eine private Distanz halten. Es wäre vorerst wie eine WG. Da hatten wir allerdings schon etwas Wein getrunken und hielten das für eine Schnapsidee. Im Hinterkopf hatte ich noch meinen Steuerberater, der immer von einem Ehegattensplitting geredet hatte. Es gäbe also auch finanzielle Gründe für eine Scheinehe.

Mir ging das alles zu kurzfristig zu. Barbara war nett und sympathisch, deshalb war ich auch hilfsbereit. Doch dies hatte doch schwerwiegende Konsequenzen für mein Leben und für ihr Leben. So jung und dann eine geschiedene Frau. Mir selbst machte es weniger Sorgen, denn ich war unabhängig und sowieso ein Einzelgänger.

Vor dem Schlafengehen diskutierten wir über den Rat des Rechtsanwaltes und nach dem Wein war es schwierig klar zu denken. Überraschenderweise stimmte Barbara der Ehe zu, war nicht abgeneigt meine Hausfrau zu spielen. Ich sah ihr in die Augen und fragte, ob wir uns vertrauen können und sie nicht in meiner Abwesenheit Unfug anrichtet. Das versprach sie mir zu Ehren ihrer Mutter. Das klang für mich glaubwürdig.

Neben meinem großzügigen Gehalt hatte ich noch Einkünfte von der Firma meines Partners. Mit

Aktiengeschäften habe ich auch eine glückliche Hand und hatte auch einen guten Steuerberater. Der hatte mir auch zu den richtigen Geldanlagen geraten und er freute sich, an mir auch gut zu verdienen. Finanziell musste ich mir keine Sorgen machen, aber Luxus leistete ich mir nur gelegentlich, und immer mit dem Gedanken, es mir zu leisten wenn es langlebig war und mir Freude machte.

Da ich fast immer wochenüber unterwegs war, bot ich ihr an, das Wohnzimmer und die Küche zu benutzen. Das Bad konnten wir uns abwechselnd teilen, im Spiegelschrank war die rechte Seite für sie frei. Sie kann fernsehen und Radio hören. Eigentlich machte mir die Gegenwart einer Mitbewohnerin Freude und ich sah das nicht mehr als Barmherzigkeit und Hilfsbereitschaft an, sondern als enge Verbindung.

„Dann sind wir verlobt!" Und wir gaben uns einen Kuss, der war nicht so schlecht. Wir konnten uns kaum voneinander lösen. Aber dann versprachen wir, das Private auseinanderzuhalten. Ich wollte ihre Situation nicht ausnutzen. Ich schlug vor, Ihr ein Konto für Hauswirtschaft und Einkäufe und als Überbrückungsgeld einrichten zu lassen, damit sie nicht finanziell von mir unmittelbar abhängig ist. Ich gab ihr die Duplikate der Schlüssel, damit sie selbständig die Wohnung verlassen und betreten konnte. Ich zeigte ihr, wie man Fahrkarten kauft und wo man wie hinkommt. Am Montag nahm ich mir frei, damit wir beim Standesamt alles erledigen konnten, und die Hochzeit war dann schon im nächsten Monat.

Ich verpflichtete den Rechtsanwalt als Trauzeugen, der Ehevertrag war schon fertig. Im Büro gewann ich eine Sekretärin, eine Traumfrau mit langen Beinen und blond als Trauzeugin. In die hätte ich mich verlieben können, sie war genau mein Typ. Leider war sie schon verheiratet. Und eine Liebelei in der Firma kam für mich nicht in Frage.

Trotzdem gab es mit ihr immer wieder lustige Wortspiele. Aber sie fand meine Ehe sehr romantisch und wünschte mir viel Glück. Ach ja, Ringe musste ich besorgen.

Barbara

Ich konnte es kaum fassen, eine Lösung für all meine Probleme war da.

Eine jungfräuliche Heirat, und ich konnte Jungfrau bleiben. Robert war ein lieber und angenehmer Mensch, aber bisher hat es nur bei zwei Küssen gefunkt. Er war ein findiger Mensch, vielseitig interessiert, großzügig und ein Gentleman. Da er oft unterwegs war konnten wir uns gegenseitig aus dem Weg gehen. Wie würde es nach der Hochzeit weitergehen? Ich war offensichtlich in ihn verliebt, nur schien mir das nicht auf Gegenseitigkeit zu beruhen. Aber ich machte mir Hoffnungen und wehrte mich nicht gegen die Idee. Schon im Café hatte ich ein Wohlwollen seinerseits bemerkt, nur deshalb hatte ich ihn mit der Fluchthilfe überfallen.

Die Hochzeit fand in einem Büroraum im modernen Standesamt statt, ich nahm seinen Nachnamen an, die Ringe wurden ausgetauscht und es gab den dritten Kuss. Da es ein öffentlicher war, war er ziemlich anständig und verhalten. Dann feierten wir in einem Nebenraum eines Restaurants in kleinen Kreis. Wir konnten das Buffet kaum bewältigen, es reichte noch für ein paar Tage danach. Von seiner Firma und den Kollegen bekamen wir ich auch Haushaltsgeschenke und sie fragten ihn, wie er nun alles unter den Hut bekomme. Na, erstmal machen wir eine Woche Urlaub, dann sehen wir weiter.

Nun waren wir zuhause und ich wusste wenig von ihm. Was waren seine Wünsche für den formellen Hochzeitsurlaub? Berge, oder Meer oder Großstadt oder Bauernhof? Ich fragte ihn, ob das sein muss, wir brauchen das doch nicht. Da gab er mir recht, aber eine Woche Urlaub wollte er sich sowieso gönnen. Aber am Dienstag flog er schon wieder nach Jugoslawien, da war ich wieder allein. Erst in der Woche darauf bekam er Urlaub.

Mir waren seine wirtschaftlichen Verhältnisse nicht klar, erst beim Ehevertrag wurde mir klar, dass er wohlhabend war und er sich vor Scheidungsfolgen schützen wollte. Wir sollten beide fair getrennt werden, ohne großen Schaden. Im Prinzip waren wir aber eine WG, bei der ich allerdings vorerst mietfrei unterkam. Wir hatten getrennte Bereiche, aber auch Gemeinschaftsräume.

Da wir verschiedene Geschlechter waren, sollten wir eine höfliche Distanz aufrechterhalten. Da Robert fast immer unterwegs war, würde uns das Leichtfallen. Wir vereinbarten, dass ich ihm als Ausgleich bei der Haushaltsführung helfen sollte und auch seine Post vorsortieren kann.

In der Zwischenzeit bekam ich einen Termin bei der Uniklinik Frankfurt. Nun da ich Papiere hatte, bekam ich eine Pflegestelle in Aussicht, aber erst halbtags mit einer nachmittäglichen Schulung und Sprachkurs. Es war eine Probezeit. Ich freute mich darüber sehr, weil ich nun selbst etwas Geld verdiente und Beschäftigung hatte.

Nun war ich einige Tage allein und er wieder unterwegs im Ausland. Was konnte ich in der Wohnung anfangen? Mit Putzen war ich schnell fertig, denn alles war sowieso sauber. Dann sah ich mich in seinem Bücherschrank um. Ich sollte mich um seine Post kümmern, wusste aber nicht, wie er alles organisierte. Allein fühlte ich mich überfordert.

Ich telefonierte mit meiner Mama und gestand ihr meine Kurzschlusshandlung. Sie fragte mich, ob ich mit ihm glücklich sei. Na ja, wir verstehen uns. In der Familie ging es etwas drunter und drüber, weil ich vieles gemanagt hatte. Nun musste mein Bruder diese Führung übernehmen, aber er machte kleine Fortschritte. Mein Vater fragte sofort, ob mein Mann katholisch sei. Vom Standesamt her wusste ich, dass er evangelisch war. Wieder unbekannte Unterschiede.

Dann telefonierte ich mit meinem Professor in meiner ehemaligen Klinik. Er erzählte mir, dass sich mein Pflegeteam zu einem ungeordneten Hühnerhaufen mit Eifersuchtsausbrüchen gegenüber dem Arzt entwickelt hat. Man sieht erst jetzt, wie ich fehle. Allerdings hetzt der Arzt auch den Geheimdienst auf mich und meine Familie, denn ihm gefiel das alles gar nicht. Und an eine plötzliche Liebe glaubt er auch nicht, er vermutet eine Zweckehe und will mir auch Steine in den Weg legen. Wie soll das dann in Deutschland funktionieren?

Eher konnte ich mir vorstellen, dass meine Familie Probleme bekommt.

Nun machte ich mir Gedanken über meine Wäsche. Robert hatte keine Waschmaschine und ich kein Bügeleisen. Statt dem Urlaub könnten wir eine Waschmaschine und einen Trockner gebrauchen. Und wir brauchen nicht immer im Gasthof zu essen, denn ich kann auch ganz gut kochen. Robert fand das gut, bestellte alles und ließ es im Arbeitsraum im Keller an unserem Platz einrichten. Andererseits sagte er aber auch, dass er mich nicht ausnutzen will, sondern mich auf den richtigen Weg unterstützen. Obwohl wir uns gebunden hatten, sollte ich mich frei fühlen.

  Aber für den Urlaub, wenn auch etwas kürzer, war genug Geld da. Bisher sprach er nicht über Geld. Er reservierte ein Appartement in Meersburg am Bodensee für 4 Tage.

Mit dem Auto unternahmen wir erstmals die lange Reise. Ja ich hatte selbst einen Führerschein, aber der musste erst umgeschrieben werden. Die Behördengänge nehmen kein Ende. Wie war es mit einem deutschen Personalausweis? Wurde man als Ehefrau einfach eingedeutscht? Wie war es mit den Namensänderungen mit den Dokumenten? Meine Mutter schickte mir alle Schul- und Berufsdokument an Roberts Adresse.

Wir machten bei Stuttgart eine Rast bei einem Autohof mit Selbstbedienung. Eine längere gemeinsame Autofahrt ist etwas sehr Persönliches. Aus Freundschaft wird Kameradschaft. Kleine gemeinsame Hilfestellungen, Gewöhnung an Eigenheiten.

Ja, mein Mann ist ziemlich höflich und jongliert mit familiärer Haltung und Distanziertheit. In Meersburg hatten wir ein Hotel mit schönem Ausblick, getrennten Zimmern, allerdings war es etwas winterlich. Der Bodensee mit Wintersonne und leicht beschneit machte einen romantischen Eindruck. Wir bummelten durch die Stadt, fuhren mit dem Schiff, aßen in Friedrichshafen in einem Restaurant Felchen und tranken Bodenseewein.

Ich stellte fest, dass man sich mit meinem Mann immer besser unterhalten konnte, er hatte Humor, war schlagfertig und wir lachten gern zusammen. Wir hatten etwas wenig Gepäck mitgenommen und es war mir zu kühl. Er bemerkte das und sagte, dir fehlt ein warmer Pullover und eine Winterjacke. Wir gingen in ein Kaufhaus am Ort und ich suchte mir ein paar Kandidaten für Pullover aus.

Robert

Ja, der Urlaub war eine gute Idee. Ich war selbst etwas angespannt, unruhig und fühlte mich nur langsam mit meiner „Frau" locker. Allmählich konnte ich ihre Gedanken lesen und ihre Wünsche ahnen. Den Pullover, den sie sich ausgesucht hatte, schien mir auf den ersten Blick schon zu groß. Sie schob den Vorhang der Kabine auf und bat mich, eine Größe kleiner zu holen. Ich nahm mir dann zwei Pullover in der kleineren Größe, einen mit Norwegermuster und einen knallroten. Sie zog dann ihren Pullover aus und ich konnte einen Blick auf ihren BH erhaschen. Mein Gott, sie hatte einen wundervollen Busen. Sie zog dann wechselweise die Pullover an, die ihr gutstanden. Sie konnte sich nicht entscheiden, deshalb entschied ich „Nimm beide". Dann holte sie sich noch eine regendichte Winterjacke. Kleider machen Leute, auch darin sah sie sehr flott aus. Übrigens sahen alle Kleider bei ihr gut aus, das lag an ihrer Person.

War der kleine Striptease nun absichtlich oder nur Zufall? Wer kennt sich mit Frauen aus? Und war es bei Eheleuten nicht selbstverständlich, wenn man etwas nackte Haut sieht? Jedenfalls gibt es beim nahen Zusammenleben auch, dass man bemerkt, dass die andere attraktiv ist und man hat Appetit auf mehr als eine Zweckehe.

Am Abend setzten wir uns in einer Weinstube näher zusammen auf einer Eckbank und nach einer Weile berührten sich unsere Oberschenkel. Sie zog ihr Bein nicht zurück, offensichtlich war es für uns beide angenehm. Wir tranken mit Wein Brüderschaft, oder wie man es nennen mag. Aber wir waren noch nicht so weit, dass wir uns verliebt nennen konnten. Ihr Charme hat mich bezaubert. Ja es war ein zauberhafter „Hochzeitsurlaub". Ich gewann sie immer mehr gern und verliebte mich allmählich in sie.

Ich bemerkte, dass sie einen starken Willen hatte und selbstbewusst war. Das gefiel mir, weil ich schwerfälliger war und mir Hilfe bei Entscheidungen gefiel. Das lag vielleicht an ihrem ärztlichen Studium, wo man auch rasche Beschlüsse fassen musste. Allerdings hatte ich beruflich auch eine gute Nase mit kurzen Wegen und Kontakten und deshalb harmonierten wir eigentlich gut.

Zurück zu Hause ließ ich sie wieder eine Woche allein, aber ich freute mich auf das Heimkommen am Freitag. Zuhause habe ich mich lange nicht gefühlt, ich fühlte mich als Weltbürger. Dienstreisen nach Spanien, Norwegen, Norddeutschland hatte ich hinter mir, jetzt bevorzugt Polen, Russland, Tschechei, Jugoslawien, Bulgarien.

Ich war auch mehrmals in der Stammfirma in Palo Alto in Kalifornien und lernte die Führungskräfte kennen. Ich interessierte mich für die dortige Glasbläserei und gab dort sogar einige Anregungen. Immer mehr war ich Kerosinsüchtig, ich flog gern. Improvisieren konnte ich gut, neunzig Prozent Probleme konnten routinemäßig gelöst werden, der Rest waren Katastrophenfälle und Garantieabwicklung. Aber das meiste verdiente ich durch Geschäftsanbahnungen. Ich wurde bevorzugt als Problemlöser eingesetzt, was mein Nervenkostüm beanspruchte. Ich war ein Typ, der lange die Ruhe bewahrte, bis dann das Fass überlief. Dann konnte es mal den falschen treffen. Ich schwor mir, dass es niemals Barbara sein sollte.

Da ich vorwiegend eher eine Wochendbekanntschaft als Ehe führte, nahm ich mir vor, ihr wenigstens dann die Gegend, Frankfurt, den Rheingau, den Odenwald zu zeigen, falls es ihr Spaß macht. Gleichzeitig sollte sie sich in Deutschland einleben. In Frankfurt waren meine Lieblingsorte die Alte Oper, die Oper, der Palmengarten und der botanische Garten, das Café Siesmayer. Im Rheingau Schloss Johannisberg und Vollrads. Im Odenwald das Felsenmeer. In Darmstadt den Hochzeitsturm und die Jugendstilhäuser.

Ich stellte fest, dass wir uns beim Spazierengehen immer besser unterhalten konnten. Barbara war klug und wissbegierig und vielseitig interessiert. Eine große Freude war, dass sie einen ähnlichen Musikstil liebte. Und plötzlich berührten wir uns immer wieder, gingen eng zusammen und wollten auch immer gern zusammen sein.

Einen Tausendsassa hatte ich mir ins Haus geholt, Barbara war handwerklich begabt. Wo ich immer Handwerker, Maler benötigte, hatte Barbara Kleinigkeiten flugs repariert. Sie hatte meine Küche auf Vordermann gebracht. Sie kochte gut und schmackhaft auf Balkan-Art. Sie brachte auch Temperament mit und brachte auch mich mit meiner phlegmatischen Art auf Trab.

Und plötzlich bekam die Wohnung statt dem unterkühlten Weiß auch Farbe und Stil. Sie interessierte sich auch für den Garten, den sie statt Rasenflächen zu einem Staudengarten ändern wollte. Mit etwas Mut ließ ich ihr auch hier freie Hand. Ich sah, dass sie den Garten zeichnete und Skizzen machte. Ja, Zeichnen und Malen konnte sie auch gut.

Wenn man nun vorerst auf Dauer zusammenlebte, war das Zusammensein anfangs wie auf Fluchtdistanz von anderthalb Metern. Das Aneinander vorbeigehen, fühlte sich an wie ein Menuett. Trotzdem ließen sich etwas intimere Einblicke auf ihre hübschen Beine, wenn sie im Bademantel das Bad verließ, oder wenn ich nach dem Duschen meine Unterwäsche vergaß und sie im Badetuch holte, nicht vermeiden. Allmählich wurde die Höflichkeitsdistanz geringer und das gemeinsame Frühstück oder Abendessen häufiger.

Ich befürchtete, dass sie sich in der Woche langweilte und keine Freunde und Bekanntschaften hatte. Deshalb hatte ich ein schlechtes Gewissen und bezog sie in meinen Freundeskreis ein. Sie konnte ja alle Bücher aus meiner Schrankwand benutzen. Aber sie bat mich, ihr medizinische Fachbücher zu kaufen. Allmählich sah ich, dass sie auflebte, Heimweh hatte sie wohl nicht. Aber da hatte ich mich wohl geirrt. Sie hatte durchaus Sehnsucht nach ihrer Familie.

Allmählich ging mir auf, dass meine Samariterdienste mit der Ehe nicht uneigennützig waren. Von Anfang an bestand zwischen uns eine magnetische Anziehungskraft. Meine Schüchternheit war wegen der schlechten Erfahrungen groß, aber meine „Frau" war viel mutiger. Die Gespräche mit ihr waren wie ein Ping-Pong-Spiel. Sie hatte ein fröhliches Lachen, das angenehm aus dem Herzen kam und jedem gefiel. Leider verschwand ihr charmanter slawischer Akzent immer mehr, es war nun ein gutes Hochdeutsch.

Noch eine angenehme Eigenschaft der Ehe war die Steuerersparnis. Die ersparte Steuer war fast ein kleines Gehalt für meine Frau wert. Ich hatte ja auch Freude an wirtschaftlichen Vorteilen.

Nach einem halben Jahr Zusammenleben mit Enthaltsamkeit gab es plötzlich etwas Unruhe, Die Ausländerbehörde läutete und verlangte Einlass. Es gab eine anonyme Anzeige für eine Scheinehe und sie wollten unsere Lebensverhältnisse sehen. Vermuteten sie ein Steuersparmodell? Oder wurde Barbara denunziert? Sie wollten wissen, wann wir uns kennengelernt hatten, ob wir gemeinsam wohnten. Ich klappte das Klappbett ein, verwandelte das Gästezimmer in ein Arbeitszimmer und verwuschelte das Schlafzimmer in ein verwuscheltes Doppelbett. Ich verabredete mit Barbara, dass wir fortan das Doppelbett benutzten, aber separat und keusch blieben, bis sich alles wieder beruhigt hat.

Ich wunderte mich, warum das Störfeuer aufgrund einer Vermisstenanzeige so spät und nach unserer Heirat kam. Offensichtlich kam das auf Betreiben durch anonyme Anzeigen von Agenten aus Bulgarien. Nun verabredeten wir uns am Wochenende öfter mit Freunden, wollten die Oper besuchen und Konzerte und uns da öffentlich zeigen und Barbara wollte mit mir einen Tanzkurs machen. Tanzen kann ich nicht, obwohl ich leidlich musikalisch bin. Sie hatte das Temperament dazu und das gehörte auch zu ihrem sportlichen Lebensstil.

Wir meldeten uns bei einer Tanzschule in Frankfurt bei einem seriösen älteren eleganten Ehepaar an. Ich stellte fest, dass ich nur mit Barbara tanzen konnten, bei Partnerwechsel gab es leidvolle Erfahrungen. Der Tanzkurs schweißte uns zusammen, ich begann ihre Nähe zu lieben. Man geht aufeinander ein, nahm den Rhythmus wahr und war in körperlicher Nähe. Man konnte die Schweißtropfen bei der Partnerin sehen und bei mir rannten sie den Rücken hinunter. Und zwangsläufig war alles etwas intimer.

Für den Opernbesuch stattete ich sie mit einem eleganten Kleid aus, so dass ich stolz auf sie sein konnte. Wir besuchten eine Oper in Frankfurt von Puccini und hatten dann beide Tränen in den Augen. In der Oper bewunderte ich ihr Kleid, mit tiefem Ausschnitt und ihren makellosen Rücken. Nach kurzer Zeit hielten wir unsere Hände. In der Pause gönnten wir uns Sekt, was uns beiden Spaß machte. Ich war stolz auf meine schöne Begleitung.

Die ersten gemeinsamen Nächte im Doppelbett hielten wir streng Abstand, aber dann stellten wir fest, dass wir manchmal Bauch an Rücken aufwachten oder sie mit ihrem Kopf auf meiner Brust lag. Als wir das feststellten, lächelten wir uns an und es endete mit einem gemeinsamen Kuss. Ich kann gar nicht mehr auf Barbara verzichten, es fühlt sich an wie ein echtes Ehepaar. Wir passten zusammen wie Schraube und Mutter.

Ich habe Barbara für eine selbstbewusste selbständige Frau gehalten, aber plötzlich war sie anschmiegsam und verführerisch. Mit meinen Unzulänglichkeiten fühlte ich mich unzulänglich für sie, sie war eigentlich zu gut für mich. Auch der Tanzkurs war verführerisch, es war schön sie im Arm zu halten, ihren Rücken zu berühren. Trotzdem waren wir unsicher, ob wir uns gerade verliebten, weil wir uns scheuten, das anzusprechen.

Da fasste ich mir ein Herz und fragte sie, ob sie es ernst mit mir meine. Ein fröhliches Aufseufzen folgte: „Und wie! Wieso nicht?" Das Nachhausekommen war dann aufregend, wir haben es kaum ins Bett geschafft. Sie hatte noch die schöne Unterwäsche vom Tanzkurs an und ich bewunderte ihre Kurven. Sie kannte mich schon anatomisch von der Klinik. Dann gab es Küsse an allen Körperteilen, sie wurde entblättert und wir lagen Haut an Haut. Sie hatte einen wundervollen Busen, das hatte ich schon gesehen, nun konnte ich ihn fühlen. Bevor wir intim wurden, sagte sie mir: „Damit du es weißt, ich bin noch Jungfrau". Das verstärkte meine zärtlichen Gefühle noch mehr und wir umklammerten uns heftig. Nun war es eine echte Ehe, mit gegenseitig vollem Vertrauen. Wir klammerten uns aneinander. Unsere Herzen klopften, es gab kein Halten mehr. Und auch im täglichen Leben waren wir ein richtiges Paar.

Interessant war auch ein Schwimmbadaufenthalt in Königstein. Da bewunderte ich ihre körperlichen Formen und sah, dass andere sie auch bewunderten. Mir fiel auf, dass ihr etwas kleiner wohlproportionierte Körper mein Schönheitsideal abänderte, sie war einfach zum Anbeißen. Da spürte ich eine heftige Eifersucht: Andere könnten dies auch so sehen, Ich hatte mich wirklich verliebt. Und ich spürte auch, dass sie stolz auf mich war.

Sie war auch sehr sprachbegabt, neben russisch sprach sie auch gut Französisch, und zwar sehr schnell. Ich hatte ja auch Französisch bis zum Abitur, konnte es auch gut lesen, aber mir fehlte der Wortschatz beim Sprechen. Englisch konnte sie auch, um sich zu verständigen. Latein benötigte sie wegen ihrer Berufswahl. Meine Stärken waren eher die wirtschaftlichen Kompetenzen und das Interesse an Elektronik und Computern.

Ihre Französischkenntnisse nutzte ich aus zu einem Aufenthalt bei den Loireschlössern. Wieviel schöner ist eine gemeinsame Tour, mit Schlossbesichtigungen und Essen in einem Weinkeller in den Tuffsteinhöhlen, Barockgärten und einer Bootsfahrt. Wir hatten traumhaftes Wetter und besichtigten auch in Tours das Grab vom heiligen Martin und die Kathedrale. Da bemerkte ich, dass meine Frau stark katholisch geprägt war.

Vermisste sie meine Konfessionszugehörigkeit, zumal ihre Eltern so streng katholisch waren? Vermisste sie eine kirchliche Ehe? Da sagte sie mir, dass sie meinen protestantischen Glauben, der mit Bach als Musiker verbunden war, achtete. Aber wir kamen beide als Naturwissenschaftler zu gewissen Zweifeln, angesichts der Größe des Weltalls, und dass 2000 Jahre Christentum doch wenig im Raume der Natur waren. Einig waren wir uns, dass wir mit Kirchenmusik und christlicher Lehre groß geworden waren und das in unsere Gefühle eingewachsen war. Aber das sollte uns nicht trennen, inzwischen war die Anziehung zu groß.

Im praktischen Leben hielt sie mir den Rücken frei, und ich sagte ihr, dass ich dafür sehr dankbar bin.

Für ihre berufliche Arbeit versuchte ich sie auch zu unterstützen und ihr ein finanzielles Polster aufzubauen, falls sie die vereinbarte Scheidung realisieren wollte. Aber davon war keine Rede mehr, nun meinten wir es ernst und der Begriff Scheinehe war zerbrochen.

Barbara

Ja, Ich war ja schon lange in ihn verliebt, ja schon in Sofia. Ich hätte nie geglaubt, dass es mit uns etwas wird, es war ja alles so hoffnungslos. Mein Fluchtimpuls hätte auch schief ausgehen können, wenn er mich nicht mochte oder er anderweitig gebunden war. Da ich ihn kannte, hatte ich nur mit seiner Ritterlichkeit gerechnet. Im Café hatte ich schon bemerkt, dass sich nun ein Wendepunkt ergab, und es machte mir Mut zu Ehrlichkeit und Risiko. Wir hätten auch als Temperament nicht zusammenpassen können, ich als Rebellin, er als nüchterner Ingenieur.

Das Einzige, was mir nicht gefiel war seine Reisetätigkeit. Ich wusste, dass sein Wohlstand davon abhängig war, deshalb konnte er sich so vieles leisten. (Allerdings wusste ich noch nichts von seinem ererbten Wohlstand).   Ich wollte jeden Tag mit ihm zusammen sein und bohrte deshalb nach Veränderungsmöglichkeiten. Er machte mir aber klar, dass er dann auf die Hälfte des Gehalts verzichten müsste und auf seine Freiheiten bei den Reisen. Und er liebte auch seinen Beruf.

Auf meinen Wunsch unterhielt er sich mit einem Headhunter, der ihm wieder den Posten in einer Rüstungsfirma aus der Schweiz anbot. Das gefiel ihm aber nicht, weil das wieder Reisen bedeutete, und noch langfristiger. Und das wäre auch nicht ungefährlich. Dann bei einer Computerfirma, bei der er dann wieder ganz unten anfangen musste. Bei einer Bank in der Datenverarbeitung, wo er aber wenig Bescheid wusste. Wir verschoben das Thema in die Zukunft, bis sich ein neues Problem in den Vordergrund schob.

Nachdem ich selbst in der Uniklinik Vollzeit arbeitete, hatte ich auch dort ein gutes Betriebsklima. Als verheiratete Frau war ich kein Freiwild mehr. So verging ein Jahr und an eine Trennung dachte keiner von uns mehr.

Bisher fühlte sich Robert heimatlos, das Haus war für ihn ein Logis. Ich aber war gewillt, es zu unserer Heimat zu machen. Ich erinnerte Ihn an meine Zeichnungen vom Garten. Dazu wollte ich Nägel mit Köpfen machen. Ich hatte einen Artikel von einem Landschaftsarchitekten über ein Parkpflegewerk für ein Schloss gelesen. Ich suchte den Kontakt zu ihm und bot ihm an, mal unseren Garten anzusehen. Ich war sofort davon und von ihm angetan. Er war ein seriöser älterer Herr und war mit mir und meinem Mann auf einer Wellenlänge. Er sah die Chancen des Hanggeländes und schlug Terrassenebenen vor und am Abschluss am Berg ein Alpinum. Eine Pergola mit einem Tischchen mit Rosen in der Nähe. Ansonsten Stauden und die Obstbäume sollten bleiben. Ein kleiner Spielplatz für eventuelle Kinder. (?). Eine Gartenbaufirma wütete ein Jahr lang, aber dann begann meine Heimat Gestalt anzunehmen. Mein

Mann war sehr großzügig und nicht geizig, für sinnvolle Ausgaben hatte er keine Bedenken.

Und dann blieb meine Periode aus. Wir hatten es mit der Verhütung zuletzt nicht immer ganz genau genommen oder ich hatte meine Pille vergessen. Mein Mann war glücklich, endlich ein Nachfolger oder eine Tochter schien möglich. Aber nun, wir hatten keine Verwandten in der Nähe. Meine Mutter war in Sofia.

 Nun redete mein Mann in der Firma über das Problem, dass er längerfristig nicht mehr reisen wollte. Da er den Verkauf im Ostblock aufgebaut hat, auch in das Vermögen der Firma eingebunden war bot man ihm eine Stelle als Produktmanager für die Geräte im Ostblock an. Seine Hauptarbeit war dann das Adaptieren der Geräte an den Eurostandard, Marktbeobachtung und Einsatz der Ingenieure. Stippvisiten im Ausland sollten aber noch möglich sein, aber nur als Messebesuch oder bei Problemfällen. Und telefonisch als troubleshooter war er auch noch willens.

Das stimmte mich bedenklich, wenn er dann wieder weg war, wer kümmerte sich um das Kind. Ich fand heraus, dass es in der Uniklinik einen Kindergarten, eine Krippe und eine Betreuung gab, die man sogar tageweise buchen konnte. Finanziell war es für uns kein Problem, sondern organisatorisch. In der Uni war ich dann bald auch als Pflegerin eine Stütze und auch bei den Ärzten beliebt.

Jedenfalls akzeptierte er das Angebot, er hatte ja keine Einbußen aber ein anderes Umfeld. Allerdings würden ihm die technischen Herausforderungen fehlen. Aber die Aufgaben eines Ingenieurs blieben: ein Problem zu sehen, es in Teilschritte zu zerteilen und es dann endgültig Schritt für Schritt zu lösen. Ich arbeitete noch bis zu den letzten Wochen, hatte aber noch eine nette Familie im Erdgeschoss, die mich ebenfalls im Auge behielt.

Dann ging es plötzlich, die Wehen setzten ein. Und wieder war ich in der Uniklinik, diesmal als Patientin. Diesmal am Sonntag und 3 Uhr nachts. Es gab mehrere Ansätze für die Geburt, mein Mann war aufgeregter als ich. Plötzlich war ich mit ihm allein, er hielt meine Hand und wir waren durch unser Blut verbunden. Ein kleines Mädchen meldete sich in der Welt an.

Für die nächsten Tage hatte er Urlaub, das war aber auch bitter nötig für uns. Ich selbst blieb mit meiner Tochter vorerst zu Hause. Das Arbeitszimmer wurde nun zum Kinderzimmer.

Nun begann eine neue Welt, eine Familie.

Robert

Eine Geburt mitzuerleben ist ein tiefgehendes Erlebnis, ich hatte solche Angst, ob meine Frau und das Kind es überlebten und ich war über den ersten Schrei meiner Tochter überglücklich. Die Tochter liebte den Busen meiner Frau genauso wie ich.

Meine Frau blieb zuerst einmal zu Hause, es ging ja nicht anders. Aber ich wollte ja kein Hausmütterchen, sondern eine aktive und glückliche Frau. Wir überlegten uns, ob wir nicht die Dachwohnung ausbauten und ihre Mama und Papa zu uns holten. Ihr Bruder könnte sich ja auf die eigenen Beine stellen. Es stellte sich heraus, dass er dank seiner neuen Freundin dazu auf dem besten Weg war.

Das innige Verhältnis zu meiner Frau hat sich verstärkt. Ich bemerkte, dass wir unsere Gedanken schon voraussahen. Unser Baby verband uns noch mehr.

Meine Tochter hielt mich in den Nächten auf Trab, denn sie weinte oft und ich trug sie im Arm und schaukelte sie. Sie bekam Zähnchen. Barbara war mit ihren Nerven am Ende. Auch ansonsten wickelte meine Tochter mich später um den Finger. Sie kannte die Spielautos vor den Geschäften, liebte das Autofahren und alle Kinderspielplätze.

Ich habe festgestellt, wie tüchtig meine Frau in allen Dingen ist und überlegte mir, ob sie trotz Kind nicht unterfordert ist. Ich schlug ihr vor, das Medizinstudium fortzusetzen und abzuschließen, wenn ihre Eltern uns dann unterstützten. Geld wäre nun nicht mehr die Frage. Erst war sie erstaunt, dann froh über mein Vertrauen. Sie sagte mir, dass sie davor große Angst hätte, aber wieso nicht. Ich dachte mir, einen Wunschtraum zu realisieren würde sie noch glücklicher machen. Ginge es dann auch mit einem Kleinkind und mit meinem Beruf? Das werden wir irgendwie schon schaukeln.

Der Weg die Eltern ins Land zu holen war steiniger als wir es uns gedacht hatten. Wir brauchten mehrere Anläufe und wollten schon resignieren. Doch plötzlich klappte es. Sie hatten auch einige Möbel mitbringen lassen, aber ihr Klavier wurde verschenkt. Dass ihr Sohn zurückblieb, in einer eigenen Wohnung, bedauerten sie. Aber er hatte sich zu einem selbständigen Mann entwickelt. Für meine Frau war er ein liebenswerter Mensch, aber vom Charakter ihr doch fremd.

Aber letzten Ende gelang die Übersiedelung, und meine Tochter liebte Oma und Opa.

Und wir beide als nun echtes Ehepaar haben uns immer vertragen, zusammen gelacht und uns aneinandergedrückt. Meine Frau und ich hatten nun mehr Freiheiten, denn Opa und Oma waren im Haus.

Dann begann der Kindergarten, Opa brachte sie immer hin. Dort gab es auch herzensgute Pflegerinnen mit Nerven wie Stahlseile. Dass sie mit dem Lärm von gefühlten 30 Kindern zurechtkamen, war mir schleierhaft.

Bei mir ging es gut voran, und dann begann noch einmal die Zeit des Paukens und Lernens für sie. Die medizinischen Grundlagen kannte sie, nur war in Deutschland vieles anders. Einiges wurde anerkannt, einige Prüfungen musste sie neu machen. Als ältere Studentin war es für sie eigenartig, aber sie fand trotzdem Kontakte. Ihre Doktorarbeit war ihr größtes Problem. Sie bemühte sich die Pflegearbeit im Krankenhaus darzustellen. Ich bemerkte ihren Ehrgeiz, ihren Fleiß und ihre Intelligenz. Durch unser finanzielles Rückgrat konnten wir uns alles leisten. Durch Opa und Oma hatte sie auch einen Freiraum für das Studium und ihren Abschluss.

 Meine Frau war überglücklich, dass ich sie endlich Frau Doktor nennen konnte. Sie konnte wieder in der Uniklinik arbeiten, aber viel selbständiger und verantwortlicher. Ihre Pflegerfahrungen und ihre Sicht auf Behandlungen und Erfolge machten sie zu einer angesehenen Kraft. Selbstbewusst war sie schon immer. Das steigerte unsere gegenseitigen Wertschätzungen, wir hatten vieles richtig gemacht.

Meine Tochter war ein Vaterkind, aber sie hatte auch innige Beziehungen zu ihrer Mutter. Von ihr hatte sie auch ihr Temperament, und sie lernte viel von ihr. Sie war auch auf natürliche Art musikalisch, leider zwang ich sie wegen meiner Gutmütigkeit nicht zum Klavierunterricht. Das war sicher ein Fehler, sie hätte das Talent gehabt und manchmal braucht man etwas Ausdauer und Motivation. Stattdessen schlug ihr Herz für ein Pferd im Reitverein.

Trotzdem schaffte ich aus Liebe zu meiner Frau für sie und meine Frau ein Klavier an. Während meine Frau sicher spielte, das lag wohl in den Genen seitens ihrer Familie, probierte ich und meine Tochter auch ein wenig. Wir bemerkten, dass sich tägliche Übung auszahlte. Ich spielte eben wie ein Ingenieur nach Noten und musste mir alles hart erarbeiten. Nach 30-mal üben hatte ich meist Erfolg. Meine Tochter spielte unbekümmert nach Gehör und mit viel Gefühl. Das hatte sie wohl von ihrer Mutter. Wir wussten nun, dass zu einem freudigen Leben auch Musik gehört.

Meine Tochter hielt mich auch während der Schulzeit im Gymnasium auf Trab, sie hatte das Temperament von meiner Frau geerbt und den Wissensdurst von mir. Ich hoffe, dass sie einen guten Beruf wählt und ich vielleicht auch Enkel erleben werde.

Vieles, was sich im ersten Moment als Unglück anfühlt, kann zum Segen werden. Meine Frau hatte großen Mut, als sie sich in die Flucht und die Scheinehe stürzte. Mein Glück war, dass sie so sympathisch und gutherzig war. Ohne den Weckruf meiner russischen Bekannten hätte ich nichts gewagt.

Ich freute mich, dass ich die Chance für die Liebe, wenn auch spät, erkannt hatte. Eigentlich hatte aber meine Frau die Initiative übernommen, ohne ihren Mut hätte ich ihr niemals geholfen oder meine Zuneigung gestanden. Die Scheinehe war ein Umweg, aber für uns beide nötig und hilfreich. Ich bin immer noch dankbar für meinen lieben Freund und Rechtsanwalt, der hatte gleich das richtige Näschen, dass wir zusammengehörten.

Ich glaube nicht an Vorbestimmung, bin aber dankbar für unsere glücklichen Zufälle.

Das Wichtigste ist gegenseitiges Vertrauen und Zuneigung, das heißt Liebe.